© Éditions Nathan (Paris-France), 2010
Loi n°49.956 du 16 juillet 1949 sur les publications destinées à la jeunesse.
ISBN : 978-2-09-252737-5
N° éditeur : 10165313 - Dépôt légal : mai 2010
Imprimé en France - L53202b

Conte indien
Illustré par Judith Gueyfier

Le Tigre
et le Petit Chacal

Savez-vous ce qu'est un brahmane ?
Un brahmane est un savant qui ne fait jamais
de mal aux animaux et qui les traite en frères.
Donc, un jour, un brahmane traversait un village
de l'Inde, quand il vit sur le bord de la route
une grande cage de bambou, dans laquelle était
enfermé un tigre.

– Oh! frère Brahmane, dit le tigre, ouvre la porte
pour que je puisse aller boire. J'ai si soif, et il n'y a pas
d'eau dans la cage.

– Mais, frère Tigre, répliqua le sage, si j'ouvre la porte,
tu me sauteras dessus et tu me mangeras!

– Jamais de la vie je ne ferai ça! insista l'animal.
Fais-moi sortir une petite minute seulement!

Le brahmane ouvrit la porte de la cage,
mais, dès que le tigre fut dehors, il sauta sur lui
pour l'engloutir.

– Mais, frère Tigre, tu m'as promis de ne pas
me manger! s'indigna-t-il. Ce que tu fais là
n'est ni honnête ni juste!

– Ça m'est égal. Je vais te dévorer, rugit le tigre.

Cependant, le brahmane le supplia tellement
que le tigre finit par consentir à attendre jusqu'à ce
qu'ils eussent consulté les cinq premiers êtres vivants
qu'ils rencontreraient.

Sur leur chemin, ils croisèrent d'abord
un grand figuier.

– Frère Figuier, demanda l'homme de lettres,
est-il juste et honnête que le tigre veuille me manger
alors que je l'ai fait sortir de sa cage ?

– L'été, les hommes viennent s'abriter à mon ombre
et se rafraîchissent avec mes fruits, expliqua le figuier ;
mais, quand le soir vient et qu'ils sont reposés,
ils cassent mes branches et éparpillent mes feuilles.
L'homme est une espèce ingrate. Que le tigre mange
le brahmane !

Le tigre bondit, mais le brahmane cria :

– Pas encore ! Il reste quatre personnes à consulter.

Un peu plus loin, ils virent un buffle couché
en travers du chemin.

– Frère Buffle, demanda le brahmane, te semble-t-il
honnête et juste que ce tigre veuille me manger,
alors que je l'ai fait sortir de sa cage?

– Quand j'étais jeune et fort, je servais bien
mon maître, répondit le buffle. Je portais de lourds

fardeaux et je traînais de grandes charrettes.

Maintenant que je suis vieux et faible, il me laisse

sans eau et sans nourriture en attendant que je meure.

Les hommes sont ingrats.

Que le tigre mange le brahmane !

Le tigre s'élança vers le sage, mais celui-ci dit très vite :

– Oh ! Ce n'est que le second, frère Tigre !

Bientôt, ils virent un aigle, planant au-dessus d'eux,
et le brahmane l'implora :

– Oh ! Frère Aigle ! Te semble-t-il juste que ce tigre
veuille me manger, après que je l'ai délivré d'une
terrible cage ?

– Je vis dans les nuages, dit l'aigle, et je ne fais
aucun mal aux hommes. Pourtant, dès qu'ils
le peuvent, ils tuent mes enfants et me lancent
des flèches. Les hommes sont cruels.

Que le tigre mange le brahmane !

Le tigre sauta de nouveau, et l'érudit eut bien
de la peine à le persuader d'attendre encore.

Il y consentit pourtant, et ils continuèrent tous deux
leur chemin.

Un peu plus loin, ils virent un vieux crocodile,
à demi enterré dans la vase, près de la rivière.
– Frère Crocodile, interrogea le savant, te semble-t-il
vraiment juste que ce tigre veuille me dévorer,
alors que je l'ai délivré de sa cage ?
– Toute la journée, répondit le crocodile, je reste
couché dans la vase, aussi innocent qu'une colombe.
Cependant, dès qu'un homme me voit, il m'insulte
et tente de me tuer. Les hommes ne valent rien.
Que le tigre mange le brahmane !
– Il y en a assez comme cela, frère Brahmane,
s'emporta le tigre. Tu vois bien qu'ils sont tous
du même avis. Allons !
– Mais il en manque un ! implora le pauvre homme.
Plus qu'un, le cinquième !

Bientôt, ils rencontrèrent un petit chacal,
trottant gaiement sur la route.

– Oh ! frère Chacal, lança le sage, trouves-tu juste que
ce tigre veuille me manger, après que je l'ai délivré ?

– Plaît-il? demanda le petit chacal. Cage? Quelle cage?

– Eh bien, celle où il était, insista le brahmane.

– Mais je ne comprends pas bien. Tu dis que
tu l'as délivré?

– Oui, oui, oui, dit l'homme de lettres. Je marchais
le long de la route, lorsque j'ai vu le tigre…
– Oh! ma tête! se lamenta le chacal. Je sens
que je ne vais rien comprendre. De quelle sorte
de cage parles-tu?
– Une grande cage ordinaire en bambou.
– Hein? Vous feriez mieux de me montrer la chose
pour que je comprenne tout de suite.
Ils rebroussèrent chemin et, peu après, ils arrivèrent
devant la cage.

– À présent, voyons un peu, dit le petit chacal, frère Brahmane, où étais-tu placé ?

– Juste ici, sur la route, répondit le brahmane.

– Tigre, où étais-tu ? reprit le chacal.

– Dans la cage, naturellement ! s'impatienta le tigre.

– Oh ! Pardon, Monseigneur, dit le petit chacal. Je ne suis pas très intelligent. Comment vous teniez-vous dans cette cage ?

– Idiot ! répondit le tigre, en sautant dans la cage.
J'étais là, dans ce coin, avec la tête tournée de côté.

– Oh ! Je commence à voir clair, mais pourquoi y
restiez-vous ?

– Ne peux-tu pas comprendre que la porte était
fermée ? hurla le tigre.

– Ah ! Et comment était-elle fermée ?

– Comme cela, intervint le sage en poussant la porte.

– Ah ! Mais, je ne vois pas de serrure. Alors,
pourquoi le tigre ne pouvait-il pas sortir ?

– Parce qu'il y a un verrou, répliqua le brahmane
en poussant le verrou.

– Ah ! il y a un verrou ? Vraiment ? rit le petit animal.
Eh bien, mon bon ami, dit-il au brahmane,
maintenant que le verrou est poussé, je te conseille
de le laisser comme il est. Quant à vous, Monseigneur,
continua-t-il en s'adressant au tigre furieux, il se
passera un certain temps avant que vous ne trouviez
quelqu'un d'autre pour vous ouvrir.
Puis, il fit un profond salut au brahmane
et s'en alla.

ASIE

L'Inde

Quelques mots sur ce conte

Le conte de *L'animal ingrat remis dans sa situation périlleuse* fait partie des contes d'animaux. Très répandu, de l'Afrique à l'Europe en passant par l'Asie et l'Amérique du Nord, on retrouve diverses versions de ce conte, avec des animaux ou personnages différents selon la culture dont elles sont issues. Les contes d'animaux ont ceci d'intéressant qu'ils sont très adaptés aux enfants, chacun pouvant s'identifier à un animal, caractérisé par une qualité ou un défaut bien particulier (la ruse, la loyauté, la candeur.

Comme dans la plupart des contes d'animaux, cette histoire joue sur les ressorts de la ruse. Dans beaucoup de versions, une fois sauvé de la mort, l'homme est à son tour ingrat envers son bienfaiteur. *Rien ne s'oublie plus vite qu'un service rendu*[1] est le titre d'une version russe de cette histoire. Tout est dit !

Notre version, adaptée d'un conte de Sara Cone Bryant, a ceci de particulier qu'elle est proche des contes du *Pañcatantra*, recueil de fables de l'Inde antique, très connu en Asie. Comme tout autre récit, qu'il soit conte, mythe ou épopée, ces fables avaient et ont encore pour fonction de divertir mais aussi d'enseigner et de transmettre les valeurs de la société indienne. Ce recueil s'est diffusé à travers le monde, en particulier au Moyen Orient où il a donné naissance à un recueil analogue : *Le livre de Kalila et Dimna* ainsi qu'en Europe. Jean de La Fontaine, lui-même, s'en est inspiré pour ses fables.

GAËLLE AME
Documentaliste spécialisée en littérature orale

ATU 155 : «The Ungrateful Serpent Returned to Captivity», «L'animal ingrat remis dans sa situation périlleuse»

1- *Les contes populaires russes*. A. N. Afanassiev, traduction de L. Gruel-Apert, Imago, 2009.